Percival et Kit-Kat
La rançon

collection libellule
sous la direction de
Yvon Brochu

Des mêmes auteures

Les mésaventures d'un magicien, 1993
Gros comme la lune, 1996

Série Percival et Kit-Kat
Percival et Kit-Kat, 1997
Le piège, 1998
La rançon, 1999

Percival et Kit-Kat
La rançon

Sylvie Högue et Gisèle Internoscia

Illustrations
Anne Villeneuve

Données de catalogage avant publication (Canada)

Högue, Sylvie

La rançon : Percival et Kit-Kat

(Collection Libellule)

(Percival et Kit-Kat)

Pour les jeunes de 8 à 12 ans

ISBN 2-89512-123-0

I. Internoscia, Gisèle. II. Villeneuve, Anne III. Titre. IV. Collection.
V. Collection : Högue, Sylvie, Percival et Kit-Kat

PS8565.O37R35 2000   jC843'.54   C99-941264-7
PS9565.O37R35 2000
PZ23.H63Ra 2000

Sous la direction de Yvon Brochu, R-D création enr.
Illustrations : Anne Villeneuve
Révision-correction : Martine Latulippe
Mise en page : Philippe Barey

© Les éditions Héritage inc. 2000
Tous droits réservés
Dépôts légaux : 1er trimestre 2000
Bibliothèque nationale du Québec
Bibliothèque nationale du Canada
ISBN 2-89512-123-0
Imprimé au Canada

10 9 8 7 6 5 4 3 2

Dominique et compagnie
300, rue Arran, Saint-Lambert (Québec) J4R 1K5
Téléphone : (514) 875-0327
Télécopieur : (450) 672-5448
Courriel : info@editionsheritage.com

Nous remercions le Conseil des Arts du Canada de l'aide accordée à notre programme de publication ainsi que la Sodec et le ministère du Patrimoine canadien.

*À Blandine, ma mère,
que j'adore…*

*À Anne Villeneuve,
pour ta complicité…*

Chapitre 1

C'est ta faute, Kit-Kat !

– Allez, Kit-Kat ! Rapporte la clé des menottes au grand détective Percival ! Prouve que tu es un vrai hamster policier.

Ma petite assistante connaît plein de trucs pour échapper à son entraînement. Sa tactique préférée consiste à se blottir sur mon oreiller et à faire semblant de dormir. Ce matin, parole de Percival, elle ne m'aura pas ! Je vois très bien ses moustaches qui frémissent quand je pousse la clé sous son nez. Je m'assois au pied du lit et je prends ma grosse voix, celle qui lui fait peur :

– Si tu ne rapportes pas cette clé, je ne t'amène plus jamais à l'école, Kit-Kat !

Elle sursaute comme si je l'avais piquée avec une aiguille, saisit la clé entre ses dents, roule sur le couvre-pied et se rue vers moi. Kit-Kat craint tellement que je la laisse à la maison.

– Super, ma fille ! Holà ! pas si vite tout de même ! Attentiooooooooon !

Trop tard ! La petite étourdie a déboulé jusqu'en bas du lit. Je glisse un bras entre le mur et le lit pour la ramasser sur le radiateur tout chaud.

– Tu te penses intelligente, hein ? Tu aurais pu te brûler ! Et qu'as-tu fait de ma clé ?

– Brrrrrruiiik ! me répond-elle en grimpant sur le couvre-pied.

Je me lève pour tirer le lit. Ma clé n'est pas sur le plancher. Je m'agenouille, je tâte sous le lit. Rien.

– Ne me dis pas que tu as perdu la clé de mes menottes ?

– Drrruk-drrruk ! rouspète Kit-Kat, en se laissant glisser par terre.

Les oreilles dressées, elle se lève sur ses pattes arrière, s'agrippe à la fente du radiateur et essaie d'y glisser son petit nez rose.

– Tu crois que la clé est tombée dedans, Kit-Kat ?

Elle me répond par un *bruik !* de douleur et tombe à la renverse, son museau entre les pattes.

– Bon ! Cette fois, tu t'es vraiment brûlée ! Le problème avec toi, Kit-Kat, c'est que tu as du flair, mais pas de jugeote. Moi, j'ai les deux. Regarde.

Pour éviter de me brûler, je rentre une main dans la manche de mon pyjama et j'enfonce un doigt dans la fente. Ça y est, je pense que je touche la clé !

– Percival, il est temps de partir pour l'école ! m'avertit mon père en passant dans le couloir.

– Oh non ! Je ne suis même pas habillé ! C'est de ta faute, Kit-Kat ! Bon... où sont passés mes vêtements pour l'éducation physique ?

– Brrruiiik ! fait Kit-Kat en trottinant jusque sous mon pupitre.

– Bravo ! Ça, c'est du travail de détective !

J'enfile aussitôt mon t-shirt.

– Tu es géniale quand tu veux.

– Brrruiiik-brrruiiik ! fait Kit-Kat en s'élançant vers le radiateur.

– Non, non, Kit-Kat. Nous reprendrons la clé ce soir. Viens, suis-moi : tu mérites bien d'aller à l'école !

En descendant l'escalier, je crie : « Féliiiiix ! Peux-tu me conduire à l'école ? Je suis en retard ! »

Chapitre 2

Une vraie tête de linotte !

– Pouah ! Justine, ta réglisse empeste tout le corridor. Ça pue le raisin écrabouillé dans toute l'école Sainte-Bécassine ! Demain, je te jure que j'apporte mon pince-nez.

– C'est ma nouvelle passion ! déclare mon amie en enroulant un long lacet de réglisse bleue autour de son doigt.

– Pourquoi en manges-tu maintenant ? On s'en va dîner !

Justine me sourit et plonge une main dans la poche de sa salopette. Elle fouille dans son paquet de réglisses et en tire un lacet noir.

– Tiens, Percival, goûte à la noire.

– Yeurk ! Non merci, je déteste la réglisse !

– Oh ! Percival ! Comme elle est mignonne ! s'exclame Justine en pointant ma poche kangourou.

Je penche la tête. Le corps à moitié sorti, Kit-Kat se démène pour attraper un bout de la réglisse. La désobéissante ! Elle sait pourtant que le directeur ne veut pas la voir à l'école et qu'elle doit rester cachée. Je m'assure que personne ne l'a vue et, d'une petite taloche, je la repousse à l'intérieur.

– Ce que tu peux être désagréable, Percival ! C'est parce que ta mère ne t'emmène pas en voyage que tu es de mauvaise humeur ?

En plus d'être aussi gourmande que Kit-Kat, Justine a autant de flair qu'elle ! Elle devine toujours tout. Enfin, presque. Oui, elle a raison : je suis stressé. Et oui, elle a encore raison : le voyage à Paris de ma mère en est un peu la cause.

– Justine, ma mère va donner une conférence devant des architectes. Des architectes du monde entier ! Elle ne dort plus et répète sans cesse qu'elle a le trac. À force de l'entendre, j'ai les nerfs en boule. Puis, il y a Kit-Kat : elle n'obéit pas. Pendant son entraînement, elle fait semblant de dormir. Elle a du flair seulement quand ça lui plaît. Lorsqu'elle veut une de tes réglisses, par exemple ! Une vraie tête de linotte !

– Tu exagères, Percival. Arrête de te plaindre de ton assistante et grouille. On est les derniers arrivés au gymnase pour les Midibouffe.

Elle a raison. Je cours me placer au bout de la file d'élèves qui attendent leur repas chaud. J'espère que ça ne sera pas trop long, parce que Kit-Kat a la bougeotte. Je donne des tapes sur ma poche pour qu'elle arrête de gigoter.

– Je savais que j'aurais dû la laisser à la maison, la petite *fofolle*.

– En tout cas, si les Midibouffe ont de la

bonne humeur au menu, prends-en une grosse assiette ! me taquine Justine avant de se diriger vers les fours à micro-ondes.

On voit bien que ce n'est pas elle qui est aux prises avec une assistante indisciplinée. Kit-Kat essaie encore de sortir de ma poche. Si je ne la retiens pas, elle va sauter dans le plateau d'un élève, c'est sûr. Elle doit avoir faim. D'une main, je la tiens emprisonnée dans ma poche kangourou en lui chuchotant d'être patiente.

Pour faire exprès, on avance à pas de tortue aujourd'hui. Je m'étire le cou pour voir ce qui se passe. J'aperçois alors une nouvelle employée qui sert les dîners, d'où le retard. Son visage me rappelle quelqu'un. Et pourtant, je ne connais personne avec des cheveux blonds comme les siens. Enfin, voilà mon tour. Je m'avance et Kit-Kat se met à grogner en se débattant dans ma main. Il ne faut pas qu'elle s'échappe ici ! Je la serre un peu plus fort. Ouch ! Parole de Percival, elle vient de me mordre ! Tant pis, je ne desserre pas les doigts. S'il fallait qu'on aille bavasser au directeur que Kit-Kat est dans l'école, je suis bon pour une retenue jusqu'à la fin de l'année ! Je m'empare de mon plateau et je me sauve.

– Tu donnes trop de réglisses à Kit-Kat, que je reproche à Justine en m'assoyant à la table. Ça la rend méchante. Elle m'a mordu !

– Tiens, donne-lui un bébé carotte, répond Justine en haussant les épaules.

Je glisse la carotte dans ma poche et j'entends Kit-Kat croquer dedans à pleines dents. Je suis rassuré. Du moins, pour un petit moment. J'en profite pour lancer ma chaise vers l'arrière et la faire tenir sur deux pattes, en appuyant mes genoux sous la table. C'est Justine qui doit être épatée…

– Penses-tu vraiment que tu m'impressionnes, Percival ? Assieds-toi donc comme il faut… Oh ! en passant, j'ai appris une nouvelle in-cro-ya-ble aux micro-ondes !

Elle m'énerve ! Tous les midis, Justine m'annonce qu'elle a appris une nouvelle incroyable aux micro-ondes. Cette fois, elle va me trouver bon. D'un mouvement habile, je balance ma chaise et hop ! j'attrape le petit pain dans mon plateau !

– Tu vas finir par te casser le cou, Percival. Écoute donc au lieu de faire l'acrobate. Tu sais, la voleuse de banques que tu as fait arrêter et qui s'est évadée de prison en fin de semaine ? Eh bien, il paraît qu'elle rôde dans le quartier. Monsieur Jasmin affirme qu'il l'a vue dans son dépanneur.

– Comment ? Tu veux dire... Rosita Revolver ?

Je crie si fort que j'en perds quasiment l'équilibre.

– Es-tu certaine, Justine ?

Dès qu'elle m'entend prononcer *Rosita Revolver*, Kit-Kat pousse des cris aigus au fond de ma poche.

– Pour une tête de linotte, Kit-Kat est quand même intelligente, hein, Percival ? Elle a reconnu le nom de Rosita.

Rosita dans le quartier ! Kit-Kat peut bien paniquer. C'est pire que pire. Je caresse mon assistante pour la rassurer. Justine trempe un bout de réglisse verte dans sa soupe en sifflotant. Elle est fière de sa nouvelle. Et moi qui croyais que Rosita Revolver s'était enfuie à l'autre bout de la planète… Encore sous le choc, je croque dans mon pain.

– OUAZH ! Zuztine ! Zé quezque zoze de coinzé zentre mez palettes. Zun papier ?

La lèvre retroussée, j'essaie de l'enlever mais je n'en suis pas capable. Justine laisse tomber sa réglisse dans sa soupe et, d'un coup sec, elle tire sur le papier. Beurk ! Ses doigts ont un goût de menthe piquante.

– Qu'est-ce que ce papier fait dans ton pain ? demande-t-elle en le dépliant.

Elle l'aplatit dans sa main pour le défroisser et l'examine. Puis, elle me regarde en riant et m'annonce que c'est un message pour Morveux.

Morveux ! Cet affreux surnom me fait sursauter sur ma chaise, qui se met à tanguer dangereusement. Ôôôôôôôôôô ! Âââââââââââ ! Je chavire ! Je me retrouve sur le dos, ébranlé, stupéfait et convaincu qu'un grand danger menace l'école Sainte-Bécassine…

Chapitre 3

La dame des Midibouffe

Toujours couché sur le dos, près de ma chaise, j'entends les élèves rire et se moquer de moi. Justine la première. Elle secoue le message devant mes yeux.

– « JE T'AI À L'ŒIL, MORVEUX ! » ricane-t-elle. Hé, Percival ? Je pensais que tu t'appelais Beaulieu-Charron, pas Morveux-Charron !

Il n'y a rien de comique. Rien du tout. Une seule personne au monde m'appelle Morveux : Rosita Revolver. Et elle a touché à mon pain !

– Rosita est ici ! je murmure en me

relevant. C'est pour ça, Kit-Kat, que tu grognais et que tu m'as mordu ? Tu le savais ?

Kit-Kat sort la tête de ma poche et regarde *la dame des Midibouffe.* C'est elle ! C'est Rosita qui me fixe de ses vilains yeux.

Elle a caché ses cheveux bruns sous une perruque blonde, mais je la reconnais maintenant.

– Percival ? m'interpelle Justine. Sais-tu qui a mis ce message dans ton pain ?

Je ne réponds pas. Je continue de fixer Rosita. Avec le pouce et l'index, celle-ci fait semblant de fermer ses lèvres comme s'il s'agissait d'une fermeture éclair. Le message est clair : ne pas la dénoncer ! On va voir ! Ce n'est pas une voleuse qui va dicter quoi faire au détective Percival !... Mais lorsque je la vois passer un petit couteau blanc en plastique sur sa gorge, je me sens un peu moins courageux. Son deuxième message est encore plus clair : si je la

dénonce, elle me zigouille les amygdales !
Un petit de la maternelle renverse son
verre de lait sur les pieds de Rosita et j'en
profite pour m'approcher de Justine.

– Si la dame des Midibouffe s'aperçoit
que je suis en train de te parler, je suis
mort ! Alors, fais comme si je te demandais
une réglisse, sors ton sac et écoute-moi : la
dame blonde des Midibouffe, c'est Rosita
Revolver !

– Tu as dû te cogner le *coco* en tombant
de ta chaise, Percival Beaulieu-Charron !
Rosita Revolver à Sainte-Bécassine ! dit
Justine en se tournant vers les Midibouffe.
En tout cas, si c'était elle, elle n'est plus là.
Tiens, prends une réglisse.

Catastrophe ! Rosita est partie ! Je dois la
retrouver avant qu'elle ne vienne me
zigouiller les amygdales ! Abandonnant
mon dîner sur la table, je traverse le gymnase en courant et je sors dans le corridor.

– Attends-moi ! crie Justine qui arrive
avec son sac de réglisses tendu vers moi.

– Je n'en veux pas pour de vrai, voyons ! C'était pour tromper Rosita. C'était elle, Justine. Je te le jure ! C'est terrible : elle ressemble tellement à ma mère !

Ma toute première enquête a justement été provoquée par cette incroyable ressemblance. Je n'oublierai jamais la seconde où j'ai réalisé que la voleuse n'était pas ma mère ! Ni les yeux fous de Rosita Revolver. Ses mains qui me serraient le cou. Ma brave assistante m'a délivré juste à temps, en lui mordant le nez jusqu'au sang. Je suis sûr qu'elle va encore m'aider à la trouver.

– Cherche Rosita, Kit-Kat !

– Crouik ! fait-elle en agitant ses moustaches vers le sac de réglisses.

– Justine !

– Chut ! Percival, écoute ! Kit-Kat grogne. Regarde, elle pointe le museau vers les toilettes des professeurs, dit Justine en mettant son sac dans sa poche.

Formidable ! Kit-Kat a senti Rosita

malgré l'odeur des réglisses ! Nous nous postons à la porte des toilettes et nous attendons. C'est long. Je compte les secondes qui passent. À la cent trente-deuxième seconde, ça y est ! La porte s'ouvre !

– Tu es piégée ! que je crie en bondissant devant la porte. Oh… Allô, monsieur Binette ! Je…

– Tutututu ! À ce que je vois, vous jouez encorrre aux détectives, vous deux ! Rejoignez vos camarades dans la cour ! ordonne le directeur, le visage crispé. Et j'espère que ce n'est pas l'odeur d'une frrriandise qui titille mon odorat ! ajoute-t-il en levant le nez vers mon amie.

Nous déguerpissons en quatrième vitesse.

– Tu devrais te débarrasser de tes réglisses, Justine, ce n'est pas le temps de nous faire remarquer par le directeur. Il faut retrouver Rosita. Je suis sûr qu'elle veut m'attraper pour se venger.

– Elle va être obligée d'attendre pour t'attraper parce qu'on a de l'éducation physique tout l'après-midi. Tu vas être en sécurité au gymnase.

– L'éducation physique ! Il ne nous reste que cinq minutes pour installer Kit-Kat.

Nous courons au vestiaire. Nous nous déshabillons puis, comme d'habitude, j'étends mon chandail sur la tablette de mon casier. C'est toujours là que Kit-Kat passe les périodes d'éducation physique, endormie sagement dans mon kangourou. Mais aujourd'hui, dès que je la dépose, ses poils se dressent comme ceux d'un porc-épic et elle me saute sur la tête. Justine essaie de la reprendre, mais Kit-Kat s'agrippe à mes cheveux de toutes ses forces.

– Elle veut me protéger de Rosita. On ne peut pas la laisser, elle va se lamenter et gratter à la porte jusqu'à ce qu'on la libère. Oh non ! La cloche sonne ! Les élèves vont commencer à entrer !

Affolé, je me couvre la tête avec les

mains. Justine, elle, ne s'énerve pas. Elle sort mes chaussures de gymnastique, puis lance deux réglisses orange sur la tablette.

– Crooouuuiiik! fait Kit-Kat en se jetant sur les réglisses.

– Ça pue mais c'est pratique, les réglisses, hein, Percival? se vante Justine en verrouillant le casier. Une fois le bedon plein, Kit-Kat va faire une petite sieste!

Encore des réglisses. De quoi je vais avoir l'air, moi, avec une assistante grosse comme un cochon d'Inde? Mais je n'ai pas le choix, les élèves arrivent. Brrrr… Un froid glacial s'infiltre dans le vestiaire. Nous nous chaussons en grelottant et nous filons au pas de course pour nous réchauffer.

Je me vante à mon tour en poussant les portes du gymnase :

– Un peu d'exercice et, parole de Percival, je serai encore plus fort pour affronter Rosita Revolver!

Chapitre 4

Triple idiot !

– Pourvu que Kit-Kat n'ait pas fait de bêtises, dis-je à Justine en sortant du gymnase avant les autres. Dépêchons-nous !

Je comprends qu'il est trop tard quand j'aperçois monsieur Binette planté devant mon casier. Il a découvert Kit-Kat, c'est sûr, et il a fait ouvrir mon casier par le concierge. À l'heure qu'il est, mon assistante doit déjà être dans la cage des souris, au local de sciences.

– Percival Beaulieu-Charron ! m'interpelle le directeur en m'apercevant. Combien de fois dois-je répéter qu'à Sainte-Bécassine, ON GARDE LES PORTES

DES CASIERS VERRROUILLÉES ? Non seulement tu n'as pas de cadenas, mais tu
laisses ta porte grande ouverte ! À Sainte-
Bécassine…

Bla-bla-bla… La voix du directeur bour-
donne dans ma tête. Les murs se mettent
à tourner autour de moi. J'ai été un triple
idiot. C'est Rosita Revolver ! Elle a kidnappé Kit-Kat ! Justine se faufile entre les
élèves qui arrivent et me donne un coup
de coude. Elle me fait voir ce qu'elle cache
dans sa main.

– Je l'ai trouvé par terre, murmure-t-elle
en baissant la tête pour que monsieur
Binette ne voie pas remuer ses lèvres.

Je reconnais un morceau de mon cadenas. J'imagine aussitôt l'horrible scène
qui s'est déroulée ici : l'oreille appuyée sur
mon cadenas, Rosita a trouvé la combi-
naison ; puis elle a ouvert la porte et
empoigné ma minuscule assistante par la
peau du cou. En riant, elle a fracassé mon

cadenas par terre et s'est enfuie avec sa victime.

– PERCIVAL ! Regarde-moi quand je parrrle ! rugit monsieur Binette d'une voix qui me ramène vite sur terre. Veux-tu bien me dirrre quelle est cette odeur de bonbon qui te suit partout ? demande-t-il en s'approchant de nous.

Inquiète, Justine recule. Surtout que monsieur Binette fixe curieusement la poche de sa salopette. C'est à ce moment que j'aperçois un bout de papier collé à l'intérieur de la porte de mon casier. Un autre message de Rosita ? Je dois le prendre avant que monsieur Binette le découvre ! Penché sur Justine, il renifle en grimaçant. Près d'eux, des élèves retiennent leur souffle. Soudain, il se redresse et sa voix éclate comme un gros coup de tonnerre.

– JUSTINE ! Qu'est-ce qui dépasse de la poche de ta salopette ? Ah, ah ! J'avais raison ! Du bonbon ! Tutututu ! Je croyais que nous avions réglé cette histoire de frrriandises à l'école !

Et voilà. Justine s'est encore fait prendre. Tordus de rire, tous les élèves montrent la

poubelle en faisant des *tutututu*! Moi, j'en profite pour m'emparer du message. Justine prend le lacet de réglisse qui pendouille de sa poche et le laisse tomber dans la poubelle. Mais le directeur n'est pas satisfait. Il attend qu'elle vide sa poche.

De loin, je montre le bout de papier à mon amie. Elle s'empresse de jeter une pleine poignée de lacets de réglisse à la poubelle. Monsieur Binette claque les talons et s'éloigne en la prévenant que, la prochaine fois, il téléphonera à ses parents.

Dès qu'il disparaît, Justine se précipite vers moi et m'arrache le message des mains. Elle le lit.

– Oh non ! s'exclame-t-elle avant d'ajouter : Tu ferais mieux de t'asseoir, Percival, au cas où tu t'évanouirais.

– Un grand détective ne s'évanouit jamais ! Lis !

– *J'AI TON RAT, MORVEUX ! PAS UN MOT À PERSONNE, SINON...*, dit-elle dans un souffle.

« Sinon... » Je sens que le plancher s'ouvre sous mes pieds et que je tombe dans un trou.

Chapitre 5

La meilleure des meilleures !

Je me retrouve dans les bras de Justine, qui me tapote les joues. Pour la première fois de ma vie, j'ai failli m'évanouir. Il y a de quoi : Rosita Revolver a kidnappé Kit-Kat ! J'essaie de me convaincre qu'elle ne lui fera rien, mais Justine me fait peur.

– La pauvre minuscule Kit-Kat entre les mains de la grosse méchante Rosita Revolver.

– Tais-toi ! Ne dis pas ça ! que je rétorque en posant une main sur sa bouche. Kit-Kat est superforte, elle va la mordre et lui échapper !

Des élèves qui s'apprêtent à sortir se retournent, intrigués par notre chicane.

– QUOI ? ! Vous saurez que la célèbre Ros…

– JUSTINE ! Mais tais-toi ! Tu parles toujours trop !

Nous avons fini de nous habiller sans dire un mot. Et maintenant, nous nous gelons les pieds à attendre l'autobus en silence. Justine ne me parle plus du tout. Elle est fâchée parce que je lui ai dit de se taire. Tant mieux, j'ai besoin de paix pour réfléchir. Il faut que j'arrête de penser à Kit-Kat pour me concentrer sur Rosita. Des traces ! Rosita a dû laisser des traces !

Mais en montant dans l'autobus, mon chagrin revient, gros comme une montagne. Je ne suis plus capable de raisonner comme un détective. J'imagine Kit-Kat torturée par Rosita et mon cœur dégringole dans ma poitrine. Ça fait mal. Je me laisse tomber sur une banquette.

Une odeur de jello aux bananes vient me chatouiller les narines. Ça, c'est Justine qui s'assoit à côté de moi. Je me doutais bien qu'elle n'avait pas mis toutes ses réglisses à la poubelle ! Elle est bien trop rusée. J'essaie d'ouvrir la fenêtre pour ne plus sentir la réglisse jaune qu'elle mâchouille, mais sans succès.

PEUTT ! PEUTT !

Qu'est-ce qu'il a, celui-là ? Une auto roule à côté de l'autobus et le conducteur, la tête sortie par la fenêtre, klaxonne sans arrêt. On s'arrête à un feu rouge et l'homme lève la tête vers moi. Parole de Percival, cachée sous une casquette noire, c'est Rosita Revolver ! Elle sort une espèce de boîte à chaussures par la fenêtre et enlève le couvercle. Dans la boîte, tout au fond, Kit-Kat est étendue sur le dos. Immobile. Sans vie... NON !

– Attendez, chauffeur !

Je me glisse devant Justine et je me

lance dans l'allée. Mais l'autobus repart et je suis entraîné vers l'arrière.

– Arrêtez l'autobus ! je crie en fonçant la tête la première vers l'avant.

– Du calme, jeune homme, réplique le chauffeur en fronçant les sourcils. Tu dois attendre le prochain arrêt. Et reste derrière les lignes jaunes.

Debout derrière les lignes jaunes, je me penche. La voiture de Rosita a disparu dans la circulation. Disparu avec ma Kit-Kat… L'autobus s'arrête.

PPSSSCCHH ! Les portes s'ouvrent.

– Hé, toi ! Tu n'étais pas pressé de descendre ? me demande le chauffeur d'un ton bourru.

– Oui, oui.

Je descends dans l'air glacé et, sur le trottoir, je me sens complètement découragé, terriblement seul.

– Rosita suivait l'autobus, hein, Percival ?

Je me retourne. C'est Justine. Elle porte deux sacs à dos dans ses bras. Le sien et le

mien. J'avais oublié mon amie. Elle a un morceau de réglisse rose collé sur la joue. Je le fais tomber dans la neige avec le pouce de ma mitaine.

– Elle pue un peu moins que les autres, la rose, je marmonne en reprenant mon sac.

– Tu as vu Rosita par la fenêtre de l'autobus ? Rosita et Kit-Kat ? C'est ça, Percival ?

Justine a encore tout deviné. Enfin, presque. Je la regarde mais, pour lui répondre, je dois fermer les yeux.

– Justine, Rosita… Rosita a… Elle a tué Kit-Kat !

– Pourquoi dis-tu ça, Percival ? Comment le sais-tu ?

– Je l'ai vue ! En m'avançant dans la rue, j'ajoute : Elle était dans une boîte, immobile comme une morte ! Elle qui n'arrête jamais de remuer !

– Percival, tu n'as même pas regardé

avant de traverser la rue, me blâme Justine en me prenant le bras. Je ferais mieux de t'accompagner chez toi.

– Lâche-moi ! Je suis capable de traverser tout seul. À cause de moi, Kit-Kat est morte, Justine. Je suis un bon à rien. Un vrai détective aurait deviné que Rosita kidnapperait Kit-Kat.

– Un vrai détective saurait que Kit-Kat n'est pas morte ! Réfléchis ! Le dernier message disait : « Pas un mot à personne, sinon… » Si tu ne parles de Rosita à personne, elle ne fera rien à Kit-Kat !

« Elle a raison », me dis-je, ravigoté. Et je n'ai encore rien dit à personne. À personne sauf à… Justine !

– Aaaaah ! Je te l'ai dit à toi, Justine ! Il ne fallait pas ! Elle va tuer Kit-Kat !

Je me sauve de Justine, vite, vite ! Rosita ne doit plus nous voir ensemble.

– Percival ! Arrête ! Tu es tout mêlé, dit-elle en me rattrapant devant chez moi.

Rosita ne sait pas que tu m'as tout raconté. Et puis, quand un kidnappeur laisse des messages, d'habitude, c'est pour obtenir quelque chose en retour. Je ne suis pas un grand détective comme toi mais ça, je le sais.

Une rançon ! Mais oui, voyons ! C'est évident. Et dans le prochain message, on va apprendre ce que Rosita veut en échange de Kit-Kat.

– Justine, tu es la meilleure des meilleures ! lui dis-je en arrivant devant chez moi. Mais je t'avertis : ne va pas prononcer le nom de Rosita devant mes parents. Surtout pas devant ma mère. Elle a horreur de se rappeler qu'elle ressemble comme une sœur jumelle à cette criminelle.

– C'est vrai que ça doit être bizarre. Moi, je n'aimerais pas avoir la même face qu'une méchante, rétorque Justine en tirant sur une enveloppe blanche qui dépasse de la boîte aux lettres. Percival, ton

nom est écrit dessus ! dit-elle en me la
donnant.

Un troisième message ! Rosita sait
même où j'habite ! S'est-elle cachée dans
les alentours ? Peut-elle nous voir ?
Inquiet, j'ouvre l'enveloppe. J'ai à peine le

temps de sortir le message que Justine me l'arrache des mains.

– Tu ne peux jamais attendre, curieuse ?

– *SI TU VEUX TON RAT, VIENS À LA BIBLIOTHÈQUE, MORVEUX !* lit-elle.

Elle va me demander la rançon en personne. C'est peut-être ma chance de libérer Kit-Kat ! Je tends la main pour reprendre le message mais Justine le plie, ouvre son manteau et le fait disparaître dans sa poche de réglisses.

– Donne, Justine, c'est une pièce à conviction.

– Elle est en sécurité avec tous mes trésors dans ma poche spéciale, Percival, dit-elle en sortant une réglisse lilas. Est-ce qu'on va à la bibliothèque tout de suite ?

– Tu es sûre que tu veux venir ? Tu n'es pas obligée. Rosita est très dangereuse, tu sais.

– Sûre… comme un citron ! répond-elle

en faisant tourner sa réglisse comme un lasso. Je vais enfin voir de près la célèbre Rosita Revolver !

Chapitre 6

Adiós, amigos !

La bibliothèque n'est qu'à quelques rues de chez moi. Heureusement, parce que le vent froid nous pince les joues.

– Penses-tu que tes parents vont s'inquiéter si tu n'arrives pas de l'école à la même heure que d'habitude ? me demande Justine alors que nous approchons de la grosse bâtisse en brique rouge.

– Non, non. Je flâne souvent après l'école. De toute façon, Félix est à son ordinateur et ma mère n'est pas encore rentrée. Regarde, Rosita est là !

Elle fait les cent pas devant l'entrée de

la bibliothèque. Personne ne peut deviner que c'est elle, sauf moi. Je reconnais la casquette noire qui lui tombe sur les yeux.

– Viens, Justine. Parole de Percival, nous ne repartirons pas d'ici sans Kit-Kat !

– J'ai hâte de voir si Rosita ressemble

tant que ça à ta mère, chuchote Justine en grimpant les marches.

La ressemblance est frappante, c'est vrai. Mais les yeux de ma mère sont différents de ceux de Rosita. Et puis, quand Rachel sourit, on dirait toujours qu'il fait soleil.

Pas Rosita. Son sourire est une affreuse grimace. Comme en ce moment. Elle a l'air en colère que je ne sois pas venu seul.

– Qu'est-ce qu'elle fait ici, elle ? J'espère pour ton rat qu'elle sait tenir sa langue ! dit Rosita d'une voix chargée de menaces.

– Où est Kit-Kat ? Est-elle vivante ?

Je risque un pas vers elle pour lui montrer qu'elle ne me fait pas peur, mais elle éclate de rire puis frissonne quand un coup de vent soulève son manteau.

– Il fait trop froid, Morveux, pour que je me gèle les dents à répondre à toutes tes questions ! Écoute, j'ai fait respirer à ton rat quelque chose qui va le garder tranquille un bout de temps. Jusqu'à ce que tu me remettes… le passeport de ta mère.

– Le passeport de ma mère ? que je répète comme un perroquet.

Mais oui, voyons, Percival ! Rosita est bien au courant de sa ressemblance avec ma mère. L'arrestation de Rosita a fait la une des journaux l'automne dernier. Le journaliste comparait un gros plan du visage de Rachel Beaulieu, architecte réputée, avec le portrait de Rosita Revolver, célèbre criminelle. C'est à cause de ce stupide article que Rosita a enlevé Kit-Kat. Maintenant, je n'ai pas le choix. Pour sauver Kit-Kat, je vais devoir lui remettre le passeport. À moins que...

– C'est du chantage, ça! C'est contre la

loi. Et puis, elle n'a pas de passeport, ma mère !

Rosita éclate d'un rire diabolique qui nous fait reculer.

– Tu sais ce que j'en pense de la loi, moi ? rage-t-elle en crachant par terre. Et ne me prends pas pour une valise : une femme importante comme ta mère a un passeport, c'est certain. Et moi, je le veux pour quitter le pays. Tu piges ? Penses-tu que je serais ici à négocier avec un petit morveux si j'avais trouvé une meilleure façon de déguerpir ? Rosita Revolver, alias Rachel Beaulieu, va prendre l'avion et s'envoler comme un oiseau. *Bye-bye ! Ciao ! Adiós, amigos !* chantonne-t-elle en venant coller son nez sur le mien. Je t'attends ici dans une heure avec le passeport. Si tu veux revoir ton rat vivant, tu as intérêt à te pointer !

Je n'aime pas ce que je vois dans ses yeux. C'est évident que si je ne lui obéis pas, jamais plus je ne reverrai ma Kit-Kat.

– Laisse-le ! s'écrie soudain Justine derrière Rosita.

– Toi, occupe-toi de tes oignons ! ordonne Rosita en se retournant brusquement.

Puis elle appuie un index sur la poitrine de mon amie.

– Je t'attends dans une heure, toi aussi. Tu en sais déjà trop. Si tu n'es pas là, le rat n'y sera pas non plus ! déclare-t-elle en s'éloignant.

Rosita sait que je tiens à Kit-Kat. Avec la photo dans les journaux, il y avait plein d'articles sur moi et sur mon hamster. Des articles qui racontaient que nous sommes inséparables. Rosita a conçu son plan en lisant tout ça. Elle monte dans sa voiture et démarre en trombe. Serrés l'un contre l'autre, Justine et moi la regardons s'éloigner jusqu'à ce qu'elle disparaisse.

– Justine, je vais être obligé de voler le passeport de ma mère !

Chapitre 7

Un plan génial

Devant l'entrée de la bibliothèque, je reste figé, malgré le vent glacial qui me fouette les oreilles. Je suis encore sous le choc de notre rencontre avec Rosita.

– Rentrons nous réchauffer deux minutes dans la bibliothèque, propose Justine en claquant des dents. Je grelotte et mes réglisses sont gelées dur.

– C'est superfacile de voler le passeport, dis-je en suivant mon amie à l'intérieur… Sans passeport, ma mère va rater l'événement le plus important de toute sa vie. Mais si je ne le vole pas, Rosita va tuer Kit-

Kat ! Je ne sais plus quoi faire, moi ! Tu comprends, je…

Je réalise que Justine ne m'écoute pas. Immobile devant la porte vitrée, elle regarde une affiche en suçant une réglisse vert limette toute raide.

– La Terre appelle la Lune ! Justine ? Youhou !

Je me glisse entre Justine et l'affiche. Mon amie prend alors mon visage entre ses mains et le tourne vers l'affiche.

LES CHAUSSETTES MAGIQUES

**ici même, à la Maison de la culture
le vendredi 13 février à 19 h**

– On peut dire qu'elle n'a pas peur d'être démasquée, ta Rosita Revolver ! déclare

Justine en essuyant le jus vert qui lui dégouline sur le menton.

Je comprends vite le message de Justine. Nous sommes le 13 février ! Et comme *Les chaussettes magiques* sont très populaires, la Maison de la culture va être pleine à craquer. J'ai la certitude que Rosita n'a pas vu l'affiche : elle est trop maligne pour se montrer dans une foule. Elle ignore donc qu'il va y avoir du monde partout... Partout ? Hein ! Voyons, voyons... Ça me donne une idée !

– Es-tu assez réchauffée, Justine ? On va chercher le passeport, j'ai un plan ! dis-je en enfonçant ma tuque sur ma tête.

– Un plan ? Déjà ? s'étonne Justine.

– Les grands détectives pensent vite, Justine. Toi et moi, nous allons déjouer Rosita. Un : nous exigeons de voir Kit-Kat vivante. Deux : tu attires l'attention de Rosita avec le passeport. Trois : je me glisse derrière elle et je lui passe mes super-menottes autour des poignets. Quatre : Kit-Kat est libre et tu vas alerter la police pendant que je surveille la criminelle.

– Génial ! Alors, tu vas vraiment voler le passeport de ta mère ?

– L'emprunter, Justine, pas le voler. Nous allons montrer le passeport à Rosita et je vais lui attacher les mains tellement vite qu'elle n'aura pas le temps de mettre le petit doigt dessus.

Justine riposte que Rosita ne se laissera

jamais faire, mais ça ne m'inquiète pas un brin.

– Fais-moi confiance, Justine. Oublies-tu qu'en plus d'être un détective, je suis un vrai caméléon ? Je vais me mêler à la foule et Rosita ne s'apercevra de rien.

– J'ai hâte de voir ça, Percival. D'habitude, tu es plutôt du genre... euh... bruyant.

– Bruyant, moi ? Tu n'as rien vu ! Parole de Percival, je te jure que je vais libérer Kit-Kat et que ma mère va s'envoler pour Paris comme prévu. Même qu'elle ne saura jamais que, pendant quelques heures, son passeport avait disparu !

Chapitre 8

Voulez-vous une réglisse ?

Pressés de délivrer Kit-Kat, nous quittons la bibliothèque et nous courons jusqu'à la maison, où nous entrons en trombe.

– Félix, on est là ! Justine est avec moi.

– Allô, les enfants ! Je suis dans la cuisine ! répond Félix.

– Qu'est-ce que c'est ? s'étonne Justine en voyant toutes les valises empilées au pied de l'escalier. Déménagez-vous ?

– Ne m'en parle pas ! Ma mère part ce soir mais ça fait déjà une semaine que ses valises sont prêtes. Elles traînent un peu partout. Il y en a tellement que je ne serais pas surpris qu'elle apporte son oreiller et son sac de couchage!

– Tu es drôle, répond Justine en tirant un long lacet de réglisse violet de sa poche. Oups!

Le contenu entier de sa poche spéciale tombe par terre. Incroyable ce qu'elle avait là-dedans! Il y a même des coquillages! Pendant qu'elle ramasse son fouillis, je repère le sac de voyage de ma mère sur la table de l'entrée. J'en déduis que son départ est imminent et que son passeport se trouve dedans. Je l'ouvre. Il est là, j'avais raison! Je m'en empare et, comme j'ouvre mon manteau pour le camoufler dans ma poche kangourou, j'entends Félix qui s'approche derrière moi. M'a-t-il vu prendre le passeport? Je me retourne. Oh non! Il louche vers ma poche!

– Qui c'est qui va se régaler avec les feuilles de céleri que j'ai gardées pour

elle ? demande-t-il d'une voix enjouée.
C'est Kit-Kat ! Viens voir Félix, Kit-Kat !

Je crois qu'il n'a rien remarqué pour le
passeport, mais ce n'est pas mieux, il
cherche Kit-Kat ! Félix sait que je ne me
sépare jamais d'elle. S'il se rend compte

qu'elle n'est pas là, il va deviner tout de suite qu'il se passe quelque chose d'anormal et il va me questionner. C'est un expert en interrogatoires, mon père. Il traduit des romans policiers depuis des années. Il connaît sur le bout de ses doigts toutes les techniques des plus célèbres détectives : il les a toutes apprises. C'est lui qui m'a enseigné comment être un bon détective. D'habitude, je lui demande des conseils pour mes enquêtes et il m'aide. Mais cette fois, je dois travailler dans le plus grand secret, sinon… Une main sur ma poche, je bafouille :

– Euh… on n'a pas le temps, on s'en va à la bibliothèque pour faire une recherche. C'est pour ça qu'on a gardé nos manteaux, on venait seulement t'avertir.

– Encore à la dernière minute, hein ? remarque-t-il en souriant. N'oublie pas, Percival, que ta mère s'en va ce soir. Ça ne t'empêche pas de revenir souper avec nous, Justine, ajoute-t-il en retournant dans la cuisine.

– Eh ! qu'il est gentil, ton père ! dit Justine dès que Félix disparaît. Il ne se fâche jamais et il te laisse toujours faire ce que tu veux. Chez nous...

– Comment ça, vous allez à la bibliothèque ? l'interrompt ma mère qui surgit de la cuisine, les poings sur les hanches. Percival Beaulieu-Charron, tu connais la consigne : interdiction de sortir quand il fait noir. Surtout le soir de mon départ !

Ayayaye ! J'ignorais que ma mère était arrivée. Elle est beaucoup plus sévère que

Félix ; elle va sûrement nous empêcher de sortir. Ce serait la catastrophe : Rosita va attendre, un peu, puis, enragée contre moi, elle va régler son compte à Kit-Kat. Rien que d'y penser, une violente crampe me serre le ventre, de la sueur froide me dégouline le long du dos et un grand frisson me secoue de la tête aux orteils.

– Mais maman, on a une importante affaire… Euh, je veux dire, recherche à résoudre… Euh, je veux dire, à faire, et c'est le seul soir que Rosi… Euh, je veux dire, que…

– Que je suis libre, enchaîne Justine qui plonge à mon secours. Ne vous inquiétez pas, nous sommes deux et nous allons nous dépêcher. Une heure au maximum. Voulez-vous une réglisse, madame Rachel ? offre-t-elle à ma mère. Votre préférée, c'est aux pêches, si je me souviens bien ?

Non seulement Justine m'a sorti du pétrin, mais elle a réussi à convaincre ma mère. Je lui confie le passeport et je monte chercher mes précieuses menottes.

– Tu apportes tes menottes à la bibliothèque, Percival ? me demande Félix qui entre dans ma chambre et me voit les mettre dans ma poche de manteau.

– Mes menottes ? Quelles menottes ? Ah ! ces menottes-là ? C'est Justine qui veut les voir. D'ailleurs, elle m'attend. Bye-bye, Félix ! dis-je en dévalant l'escalier.

– Sortons vite, Justine ! Je crois que le grand spécialiste des polars commence à se douter de quelque chose. Et s'il s'en mêle, je ne reverrai jamais mon assistante.

Chapitre 9

Un vrai hamster policier

Nous entrons à la bibliothèque les doigts gelés comme des glaçons ; dans notre grande panique, nous avons oublié de prendre nos mitaines en quittant la maison.

– Rosita n'est pas arrivée, remarque Justine les doigts enfoncés dans la bouche pour les réchauffer.

– Ça m'étonnerait…

De mon œil de lynx, je parcours la foule déjà rassemblée pour le spectacle des *Chaussettes magiques* et je la vois : elle vient vers nous, le col de son manteau remonté sur son visage, la visière de sa casquette rabattue sur son front.

– Justine ! La voici ! Et rappelle-toi : TU ne lui donnes PAS le passeport !

– Le passeport ! ordonne nerveusement Rosita en s'arrêtant près de nous. Grouillez-vous, je suis pressée ! ajoute-t-elle en jetant des regards furtifs autour d'elle.

D'une voix ferme, je réplique :

– Nous voulons d'abord voir Kit-Kat vivante.

– Je te l'ai dit : il respire, ton rat ! Le passeport !

– NON, Kit-Kat d'abord !

Rosita me saisit le lobe d'une oreille et y enfonce ses ongles.

– Ouch ! arrête ! Tu me fais mal.

Bravo ! Je me suis tant démené qu'un groupe de femmes se retourne et toise Rosita d'un air sévère. Tremblante de colère, elle me lâche et remonte de nouveau son col de manteau. Les femmes lui jettent un dernier regard et se remettent à parler entre elles.

– D'accord, Rosita ! On va te montrer qu'on a le passeport mais tu l'auras seulement en échange de Kit-Kat.

Je fais un signe de tête à Justine. Elle sort le passeport d'une main hésitante. Mais la suite ne ressemble en rien à celle prévue

dans mon plan. À la vue du passeport, Rosita perd complètement les pédales, oublie qu'elle est recherchée et s'élance sur Justine. Cette dernière réagit vivement. Elle s'accroupit en petit bonhomme si bien que Rosita, les bras tendus, se retrouve face à face avec un jeune homme costumé, une des *Chaussettes magiques*.

– Madame, attendez de m'avoir vu danser avant de vous jeter dans mes bras ! blague-t-il. Le spectacle va bientôt commencer. Pourquoi n'allez-vous pas vous asseoir avec vos enfants ? ajoute-t-il gentiment. Mais dites-moi, est-ce qu'on ne s'est pas déjà rencontrés quelque part ?

Rosita baisse rapidement la tête et feint de ne pas voir le jeune homme. Elle nous entraîne aussitôt avec elle, en nous bousculant, vers l'escalier de la Maison de la culture.

– OK, vous deux, vous avez gagné, je vais vous le montrer, votre rat, siffle-t-elle, les dents serrées. Allons dans la salle de spectacle. Mais attention : un geste de travers et vous allez savoir pourquoi on m'appelle la dangereuse Rosita Revolver !

Aurait-elle caché Kit-Kat dans la salle de spectacle ? Dès notre entrée dans la salle, Rosita fige sur place : la salle est pleine de gens ! Elle baisse de nouveau la tête. Même si le risque d'être reconnue est grand, elle s'engage dans l'allée centrale. Décidément, elle tient à ce passeport ! Nous la suivons jusqu'à la rangée *H,* où elle s'arrête. Elle s'y glisse rapidement en écrasant les pieds des personnes déjà assises.

– Excusez-nous, leur dit Justine en suivant Rosita.

Et moi, derrière Justine, je répète :

– Excusez-nous !

Rosita s'arrête au milieu de la rangée. D'une voix mielleuse que je ne lui connais pas, elle demande à un spectateur de se déplacer pour nous permettre d'être tous les trois assis côte à côte. Puis, elle s'assoit et nous fait signe de l'imiter. Elle se penche, tâtonne sous le siège et tire une boîte entre ses jambes. La boîte que j'ai aperçue de la fenêtre de l'autobus !

– Selon mon plan, Morveux, tu me donnais le passeport dans l'entrée et, juste avant de déguerpir, je te disais : « Ton rat est dans la salle de spectacle, il ne te reste plus qu'à le trouver ! » Mais on a assez perdu de temps comme ça. Le voilà, ton rat, murmure-t-elle en soulevant le couvercle.

Assise à côté de Rosita, Justine est la première à voir dans la boîte.

– Tu avais raison, Percival, elle l'a tuée ! fait-elle d'une voix faible.

Le cœur serré, j'étire le cou et regarde Kit-Kat à mon tour… Aussitôt, j'étouffe un cri de joie. Je suis persuadé qu'elle est vivante : j'ai vu ses moustaches frétiller. Elle a même compris ce qui se passe. Un vrai hamster policier ! Elle utilise sa tactique préférée : faire semblant de dormir ! Elle attend un signe de son maître pour agir, j'en suis sûr.

– Le rat n'est pas mort, il dort, explique

impatiemment Rosita en brassant la boîte. Maintenant, donne le passeport, dit-elle en posant une main sur la jambe de Justine.

Justine redresse bravement le menton. Elle ne lui donnera pas le passeport. Au fond de sa boîte, Kit-Kat ouvre un œil. C'est au détective Percival de jouer !

Chapitre 10

Que le spectacle commence !

C'est à moi de jouer. Pourtant, j'hésite en voyant Rosita. Collée sur Justine comme un aimant, elle continue de lui serrer la cuisse avec sa main. Et si je ratais mon coup, qu'arriverait-il à Justine ? Avec Rosita, tout est possible. Surtout le pire !

Toujours coincée entre Rosita et moi, Justine me regarde dans le fond des yeux. Son regard vaut mille mots : « Je n'ai pas peur, aie confiance, vas-y, Percival, fonce ! »

Il ne m'en faut pas davantage : je bondis de mon siège comme une sauterelle, je passe une jambe par-dessus celles de Justine et je renverse la boîte avec le bout de mon pied. La boîte chavire sur le côté et mon agile Kit-Kat escalade aussitôt mon jeans.

Durant quelques secondes, Rosita reste éberluée. Autour de nous, les spectateurs continuent de discuter : ils n'ont rien vu. J'empoigne Kit-Kat et la cache en vitesse dans ma poche kangourou. Je me précipite vers l'allée centrale en criant à Justine de me suivre. Je dois d'abord sauver mon amie ainsi que mon assistante ; ensuite, je m'occuperai bien de Rosita Revolver !

À l'instant même où j'atteins la porte de sortie de la salle, les lumières s'éteignent et une musique retentit : le spectacle commence !

– Sortons d'ici, Jus… Justine ? ? ?

Aucune réponse. Il fait noir. Impossible de voir plus loin que le bout de mon nez. Mais où est-elle ? Je plisse les yeux. Tout à coup, une explosion de lumière illumine la salle. Dans le rayon bleu d'un projecteur, Justine apparaît sur la scène, mêlée aux danseurs. Rosita surgit derrière elle. Elle l'agrippe et se met à la secouer comme une guenille. Elle tente de lui soutirer le passeport. Les spectateurs, eux, rient et applaudissent, croyant qu'elles font partie du spectacle ! Moi, je ne trouve pas ça drôle du tout.

– Allons-y, ma fille ! dis-je à mon assistante qui grimpe sur mon épaule alors

que je m'élance vers la scène, en criant à tue-tête :

– Justine, le passeport ! Lance-le moi !

Les spectateurs rouspètent et font des *chut!* tandis que, sans quitter Justine des yeux, je crie de nouveau :

– Par ici, Justine !

Justine m'a aperçu. Elle lève le bras et lance le passeport dans ma direction. Une vraie passe ! Mais la main de Rosita apparaît dans la lumière et vient frapper le passeport, tel un coup de poing. Le passeport vole plus haut, tournoie dans les airs et vient atterrir sur la scène, au milieu des danseurs qui l'expédient d'un coin à l'autre du plancher de danse. Rosita se jette aussitôt à quatre pattes et se glisse dans leur ronde endiablée pour aller le récupérer. Quand je vois Justine se mettre à genoux et partir à sa poursuite, je m'élance de l'autre côté du plancher et, comme elle, je me mets à ramper entre les dizaines de *Chaussettes magiques*. Parole

de Percival, c'est nous qui allons mettre la main dessus !

– Kit-Kat ! Non ! Reviens ici, tête de linotte !

Mon assistante a sauté par terre. Je la

vois se lancer vers le passeport qui vire-volte au rythme de la musique. Je suis hor-rifié : elle risque à chaque instant de se faire piétiner ! Mais Kit-Kat se faufile agile-ment. Un pas de danse soulève le passe-port qui s'envole. Kit-Kat bondit, la gueule ouverte, l'attrape entre ses dents et pouf ! atterrit dans la jupe bouffante d'une danseuse. La danseuse se met à tourbil-lonner et Kit-Kat s'accroche à sa jupe. Tiens bon, ma fille ! La danseuse s'arrête enfin pour saluer son cavalier. Kit-Kat en profite pour dégringoler par terre et revient vers moi en poussant le passeport devant elle. Catastrophe ! Rosita la suit ! Je me jette à plat ventre et Kit-Kat rentre tout droit dans mon capuchon. Je ramasse le passe-port et beugle en direction de Justine :

– Déguerpissons !

Ma voix résonne dans toute la salle. Quelle surprise ! Il n'y a plus de musique. La lumière est de retour. Dans le feu de l'action, je n'avais rien remarqué. Les dan-seurs sont immobiles, les spectateurs debout. Ils regardent tous dans la même direction. Ils fixent Rosita qui quitte le plancher de danse en bousculant et en engueulant ceux qui se trouvent sur son chemin. Parole de Percival, elle ne me filera pas entre les doigts ! Je sors mes menottes de mon manteau et je les brandis bien haut.

– Pas de panique ! Je suis le détective Percival et cette femme est Rosita Revolver. Restez à vos places, je m'en occupe !

Mais quelqu'un m'arrache les menottes des mains. Je me retourne pour voir qui ose interrompre ainsi le travail d'un des plus grands détectives de la terre.

– Maman ?

* * *

Ma mère nous tient par la main, Justine et moi, et nous tire vers son auto garée dans le stationnement de la Maison de la culture.

– Mais maman ! Je l'avais presque capturée !

Elle me serre les doigts et commence à me gronder devant Justine : la pire des humiliations.

– Percival Beaulieu-Charron, tu es trop petit pour t'attaquer à de VRAIS criminels ! Grâce à moi, de VRAIS policiers attendaient Rosita à toutes les sorties ! s'emporte-t-elle en contournant la voiture. Grâce à moi et à ça, ajoute-t-elle, en me lançant un papier chiffonné par-dessus le toit de l'auto.

Je l'attrape au vol. Le dernier message de Rosita ! Mais… Justine l'avait mis dans sa poche spéciale ! Comment s'est-il retrouvé entre les mains de ma mère ?

– Oh, oh ! fait Justine, piteuse. J'ai dû le perdre chez toi. Tu sais, quand j'ai pris une réglisse et que tout le contenu de ma poche s'est retrouvé par terre ?

– Tu veux dire que c'est à cause d'une

RÉGLISSE que je n'ai pas pu arrêter Rosita moi-même ? TOI ET TES RÉGLISSES !

– Percival, fait ma mère, laisse Justine tranquille !

Dans l'auto, Justine s'assoit derrière et je m'installe devant parce que je n'ai pas envie d'être avec elle. Pas du tout. Elle a tout fait rater. Le nez enfoui dans sa fourrure, je parle doucement à ma petite assistante. Elle est toute tremblante dans ma main. Elle a dû avoir peur de ne plus jamais revoir son Percival.

– Quand j'ai lu ce message, explique ma mère en démarrant la voiture, je me suis rappelé que tu avais l'air bizarre avant de partir. Tu bafouillais en parlant d'une « affaire à résoudre », et de « Rosi ». Il n'y a pas que les détectives qui sont capables de flairer une histoire louche. Les mères aussi ! Surtout que je savais que Rosita Revolver était en liberté. J'ai tout compris, j'ai alerté les policiers et j'ai sauté dans ma voiture. Je suis même arrivée avant eux !

Je regarde ma mère, qui conduit le nez en l'air. Wouaw ! Moi qui croyais que c'était Félix le spécialiste des histoires de détectives !

Épilogue

– Ça m'énerve ! Depuis que je suis réveillé, j'ai des tintements dans les oreilles !

– Quand les oreilles te tintent, c'est que quelqu'un pense à toi ! déclare Justine en déposant son sac de réglisses sur la table du petit déjeuner. C'est sûrement Rosita dans sa cellule de prison !

– Ou c'est ma mère. Elle doit se demander si elle a bien fait de partir pour Paris, hein, Félix ?

Le nez dans son bol de céréales, Félix m'ignore. Il a commencé à bouder hier soir, en apprenant ce qui s'était passé :

– Comment ? s'est-il fâché, jaloux. Toi, Rachou, tu avais deviné ? Mais c'est moi qui connais les ruses et les secrets de Percival ! J'aurais dû me douter qu'il mijotait quelque chose. Je l'ai même vu prendre ses menottes.

Ma mère n'a même pas eu le temps de le consoler. Craignant de rater l'avion, elle a sauté dans un taxi pour l'aéroport.

– Mais pourquoi tu ne m'as rien dit, Percival ? m'a demandé Félix avant de monter se coucher. D'habitude, on travaille ensemble !

Ce matin, il boude encore. Il gronde même Kit-Kat, qui mordille sa cuillère pour avoir un Cheerios. Il faudrait le faire rigoler… J'ai une idée ! Je cours chercher mes supermenottes dans mon manteau, je rampe sous la table et CLIC ! CLIC ! je menotte une cheville de Félix à un barreau de sa chaise.

– Félix Charron, je vous arrête pour bouderie, je déclare en me relevant.

Justine éclate de rire, mais Félix reste sérieux comme un hibou. La main tendue, il réclame la clé. Je retourne fouiller dans mon manteau : pas de clé. Je monte dans ma chambre. Pas là non plus. Je redescends bredouille à la cuisine.

– Un vrai mystère ! La clé a disparu !

– Un mystère ? Mais il faut l'éclaircir, s'exclame Félix dont les yeux se mettent à pétiller. Voyons, voyons, Percival, quand as-tu vu la clé pour la dernière fois ?

– Voyons, voyons… J'ai pris mes menottes pour arrêter Rosita, mais je ne me souviens pas d'avoir vu la clé.

– Ah, ah ! Donc, la clé n'était pas avec les menottes ! déduit Félix.

– Non, je ne pense pas…

– Donc, elle n'est pas dans ta poche de manteau ni dans ta chambre. L'aurais-tu perdue ? suggère-t-il.

– Kit-Kat ! je m'exclame tandis que mon

assistante rentre sous mon napperon. C'est elle qui l'a perdue ! Elle l'a échappée dans le radiateur de ma chambre hier matin !

– Bravo ! s'enthousiasme Félix. Tu as résolu un autre mystère. Un vrai détective !

– J'ai bien fait de rester pour la fin de semaine. On ne s'ennuie pas ici ! Pas vrai, Kit-Kat ? dit Justine en soulevant un coin de mon napperon.

– Viens m'aider à récupérer la clé, Kit-Kat. C'est un ordre ! C'est toi qui l'as perdue !

Mais la petite comédienne tremble sous le napperon comme si j'étais un monstre.

– Ôôôôô ! Pauvre Kit-Kat ! s'attendrit Justine.

– C'est pour qui la *tite* réglisse ? *C'est-ti* pour la *tite* Kit-Kat ? fait Félix en prenant une réglisse dans le sac de Justine pour l'offrir à la petite rusée.

Ça m'énerve quand Félix parle en bébé

à Kit-Kat. Mais la coquine aime ça. Les moustaches bien droites, elle s'avance vers la réglisse sans s'occuper de moi. Traître ! Elle préfère ces satanées réglisses à son maître. Le cœur en miettes, je sors de la cuisine.

– Crouik !

Je me tourne et je vois Kit-Kat qui vient vers moi à toute allure, me passe entre les jambes et file dans l'escalier. Kit-Kat est peut-être un petit peu gourmande, mais elle est la plus fidèle assistante qu'un grand détective puisse avoir. Parole de Percival !

FIN

Table des matières

Mot des auteures

Sylvie Högue
Gisèle Internoscia

Quand nous écrivons une histoire, nous ne pensons pas uniquement à nos personnages. Nous pensons aussi très fort à toi. Nous t'imaginons en train de lire, la tête sur ton oreiller ou dans un endroit secret. Ou même dans l'autobus scolaire.

Pour nous deux, c'est toi qui comptes le plus ! As-tu aimé cette nouvelle aventure de Percival et Kit-Kat ? Écris-nous chez Dominique et compagnie…

Mot de l'illustratrice

Anne Villeneuve

Percival, Kit-Kat et Justine, c'est un peu comme mes amis. Pas besoin de dérouler le tapis rouge avec eux. Une *gomme balloune*, deux ou trois réglisses, quelques fous rires et surtout le bonheur tout simple d'être ensemble. C'est comme ça que je me sens quand mon crayon les façonne page après page. Des fois, en tournant un coin de rue, un coin de parc, un coin de ruelle, j'ai l'impression de les croiser pour vrai. Ce sont des enfants qui mordent dans la vie comme dans une belle réglisse et n'ont pas froid aux yeux. Comme toi, j'en suis sûre. Sûre comme un citron!

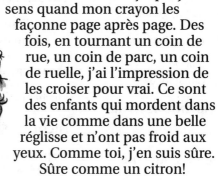

DANS LA MÊME COLLECTION

DANS LA MÊME COLLECTION

🦋 lecture facile

🦋 🦋 bon lecteur